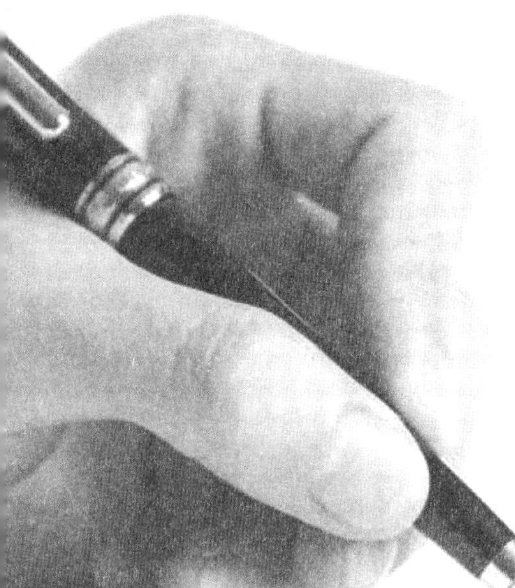

이제 일반인들도 쉽게 쓰는 자서전

자서전 쓰기 강사 민경호가 안내하는 저서전의 세계!!
심리 치유와 기억력 개선 두마리 토끼를 잡는다
내가 직접 쓰는 자서전, 내 책에 내 인생을 담는다!

내 자서전쓰기 실전BOOK

이론 · 부록편

민 경 호 지음

세계로미디어

내 자서전 쓰기
실전 BOOK

세계로미디어

| 민경호 | 저자 약력 |

경력사항　건국대 석사 졸업, 출판 관련 단체장
저　　서　「소호창업 이렇게 하면 성공한다」, 「40년 그리고 지금의 나」
비즈니스　세계로미디어(출판사) 경영
강연활동　기업체, 문화센터, 평생학습센터, 복지기관, 지자체 등에서
　　　　　자서전 쓰기 강의
저술활동　책 저술, 각종 매체와 기관지에 칼럼 게재
블로그, 카페 운영 (민경호의 행복한 내 자서전 쓰기)
http://blog.naver.com/mmbn　http://cafe.daum.net/AUTOBIOGRAPHY

내 자서전 쓰기 실전 BOOK

지은이　　　　민경호
펴낸이　　　　민경호
펴낸곳　　　　세계로미디어
초판발행일　　2010.7.12.
3쇄 발행일　　2013.1.25.
등록번호　　　214-90-20659
출판등록일　　2000.2.12
주소　　　　　서울시 종로구 종로 393-1, 505호 (숭인동 용호빌딩)
전화　　　　　(02)763-2159
팩스　　　　　(02)764-7753
홈페이지　　　http://www.segyeromedia.co.kr
네이버블로그 http://blog.naver.com/mmbn　(민경호의 행복한 내 자서전 쓰기)
ISBN 978-89-90530-33-2(세트)　ISBN 978-89-90530-34-9(04810)

이 책은 자서전을 쓰고자 하는 모든 사람들이 자신의 자서전을 쉽게 쓸 수 있도록 하기 위해 기획했습니다. 시중 서점에서 보통 우리가 만나는 자서전들은 유명인들의 이야기가 많지만 일반인들에게까지 자서전은 대중화되어야 한다고 생각합니다.

누구나 자신의 이야기를 어렵지 않게, 그리고 부끄럼 없이, 솔직하고 당당하게 쓰는 사회가 되기를 바라는 마음에서 이 책을 쓰게 되었습니다. 흔히 "내가 살아온 이야기를 글로 쓴다면 책 한 권은 될 거야……."라는 말들을 많이 합니다. 그것은, 우리 모두는 최선을 다해 살고 있으며 세상을 향해 소리치고 싶은 말이 있다는 것을 반증하는 것입니다.

세상의 삶이란 누구에게나 녹록하지 않습니다. 겉으로 보기에는 다들 문제없이 살고 있는 듯 보이나 실상은 숱한 문제와 부딪혀 씨름하며 힘겹게 살아가는 것이 우리의 현실입니다.

먼저, 이 책을 가장 효과적으로 사용하시려면 설명을 잘 읽어보시고 설명에 따라 진행하시면 됩니다. 저는 자서전 쓰기 강의를 진행하면서 일반인들이 본인의 자서전을 쓰기 위해서 필요한 것이 무엇이며, 스스로 쉽게 쓸 수 있는 방법이 무엇인지를 찾아 최적화시켰습니다.

제가 운영하는 블로그에는 자서전 쓰기와 관련하여 기타 필요한 자료들이 많이 있습니다. http://blog.naver.com/mmbn 에 접속하시어 자료도 활용하시고 http://cafe.daum.com/AUTOBIOGRAPHY 에서 활동도 하시면 도움이 되실 겁니다. 아무쪼록 본인의 훌륭한 자서전을 쓰셔서 후대에게 길이 남는 유산을 물려주시기 바랍니다.   2010.7.1. 민 경 호

목차
My Autobiography

|제3권| 청년기편 / 결혼생활편

|제4권| 중년기편 / 노년기편

이론편

| 1 | 이 책을 활용하는 방법 |

내 자서전 쓰기 실전 BOOK은 독자 여러분께서 자신의 자서전을 스스로 쓰실 수 있도록 도움을 드리는 **가이드북**이며 **실전용 기능성 책입니다.** 이 책에 나오는 질문들에 하나 하나 답을 쓰다 보면, 자신이 살아온 과거의 기록이 고스란히 되살아날 것입니다.

뒤에 나오는 질문들은 모두에게 다 해당되는 질문이 될 수는 없습니다. 왜냐하면 모두가 살아온 환경과 방식이 다르기 때문입니다. 예를 들어, 결혼한 사람과 결혼하지 않은 사람은 질문의 내용이 달라야 하고, 성별에 따라 남자와 여자에게 다르게 질문해야 할 내용들이 있습니다. 이 책을 활용하실 때는 우선 자신에게 해당하는 질문들에 먼저 답을 쓰시고 나머지는 스스로 질문을 바꿔서 써 보십시오. 어떤 질문에는 단답식으로 짧은 답을 쓸 수도 있고 어떤 질문은 지면이 모자라게 많은 답을 쓸 수도 있을 것입니다. 지면이 모자라는 면을 채우시려면 보조 노트를 구비하여 연결해서 작성하십시오.

이렇게 질문을 활용하는 것은 실제 자서전을 쓰기 위한 전 단계인 '자료를 모으는 일'에 해당합니다. 본인의 자서전을 쓰려면 먼저 방대한 자료가 필요합니다. 자신이 살아온 역사에 대한 자료를 말하는 것입니다. 자신과는 다소 거리가 먼 질문이 있더라도 조금 변형해서 활용하시면 도움이 되실 겁니다. 사소하게 보이는 사건 하나로도 이야깃거리를 많이 만들어낼 수 있습니다. 칸을 모두 채우려 하지 마시고 특히 중요한 질문에 대한 답변을 철저히 하십시오. 질문지의 구성은 아동기로부터 청소년기와 청년기, 결혼생활과 중년기, 장년기와 노년기 순으로 배열하였습니다. 그러나 답변을 달 때에는 본인이 편한대로 순서를 바꿔서 하셔도 무방합니다. 기억하기 쉬운 노년기의 답변을 먼저 달아도 상관없다는 뜻입니다.

오래 전에 살아온 자신의 역사는 뇌 속에만 저장되어 있을 뿐 별로 남아있는 게 없습니다. 그때 그때 찍었던 사진 자료는 잘 보관만 해놓았다면 유용하게 쓰일 수 있겠지만, 여러 가지 사건에 대한 문서는 거의 없을 것입니다. 수십년간 일기를 쓰신 분이라면 그 일기 자료는 자서전을 쓰는 데 많은 도움이 될 것입니다.

연상법 질문지에 답변을 쓰실 때에는 **연필**이나 **샤프**를 사용하시는 것이 좋습니다. 질문에 대한 답변도 경우에 따라서는 고쳐 써야 할 필요가 있기 때문입니다. 볼펜으로 쓰면 수정하기가 어려우니 가급적이면 연필을 사용하시고 수정할 때는 지우개를 사용하여 지우십시오. 여러분의 소중한 자료를 소중하게 다루십시오.

본격적인 자서전을 쓰기 위해서는 방대한 자료가 필요하므로, 이 책의 체계화된 프로그램에 맞춰 자신의 기억을 되살려낼 수만 있다면 이것을 바탕으로 훌륭한 자서전을 써 내실 수 있을 것입니다. 이 책의 **질문에 답을** 쓰는 것으로 자서전이 되는 것은 아니므로 질문의 답을 완성하신 다음에는 진짜 자서전을 쓰는 일에 도전해보시기 바랍니다. 여러분은 모두 훌륭하게 잘 해내실 수 있으리라고 생각합니다. 부디 훌륭한 자서전을 쓰셔서 후손들에게 길이 귀감이 되는 선물을 남기시기 바랍니다.

| 2 | 자서전을 쓰는 이유 |

자서전을 쓴다는 것은 개인들에게 어떤 의미가 있을까요? 쉽게 생각해보면, 과거를 회상하면서 자신을 돌아보는 기회가 된다는 것을 먼저 꼽을 것입니다. 맞습니다. 과거를 회상하면서 예전에 자신이 살아왔던 모습을 머릿속에 그려보면서 웃기도 하고 울기도 하고 느껴보기도 하는 것입니다.

굳이 가장 큰 이유를 든다면 두 가지로 요약할 수 있습니다.

첫째는, 자기가 그동안 살아온 자신의 역사를 기록하여 **의미있는 가치**로 남긴다는 것입니다. 우리는 모두 학창시절에 역사를 배웠습니다. 우리나라의 역사를 배우고 외국의 역사도 배웠습니다. 역사를 배우는 이유가 뭘까요? 우리 선조들이 살아온 과거의 역사를 배움으로써 잘했던 일과 잘못했던 일을 분별해내고 그것에서 교훈을 얻어내기 위한 것입니다. 개인의 자서전도 마찬가지인데, 국가에서 자국의 역사를 소중하게 기록하는 것과 같은 이치로 개인도 역시 자신의 역사를 소중히 기록할 가치가 있는 것입니다.

둘째는, 자라나는 세대 즉 가족과 후대들에게 **살아있는 교훈이 되는 기록물**을 남기기 위해서입니다. '호랑이는 죽어서 가죽을 남기고 사람은 죽어서 이름을 남긴다'라는 속담이 있지만 여기서 더 발전하면, '사람은 죽어서 자서전을 남긴다'가 됩니다.

이외에 몇 가지 이유를 더 살펴볼까요?

자아를 발견할 수 있다는 것입니다. 젊었을 때는 앞만 보고 달리기에 뒤를 돌아볼 마음의 여유가 없습니다. 그러나 중년과 장년을 지나오면서 사람들은 자신의 삶을 되짚어보기를 원하게 되지요. 결국 자아를 발견한 다는 것은 자신을 돌아볼 때만 가능한 것이기 때문에 자신을 돌아보게끔 하는 작업이 먼저 이루어져야 합니다. 그러면 자연스럽게 자아를 발견하게 되지요.

자서전을 쓰는 나이가 정해져 있는 것은 아니지만 대개는 중·장년 내지는 황혼에 접어들어서 관심을 갖게 되는데, 자서전을 쓰는 시점으로부터 시작해서 그 이후에 **남은 생을 더 활기차게 맞이**할 수 있다는 장점이 있습니다. 또한, 이와 더불어 자신의 **존재 가치와 명예**를 드높이는 데도 많은 도움이 되는 것이 사실입니다.

위에서, 자서전은 후손들에게 살아있는 교훈이 된다고 말했는데 그 예를 하나 들어보겠습니다. 퓰리처상 전기·자서전 부문 수상자인 러셀 베이커의 「성장」(도서출판 집사재)이라는 책에는 다음과 같은 이야기가 나옵니다.

'어머니 곁에 앉아 있어도 영원히 그분과 맞닿을 수 없는 상황에서 나는 나의 아이들과 그 아이들의 아이들, 그리고 그렇게 이어 내려갈 많은 아이들을 떠올렸다. 그리고 아이들과 부모 사이를 가로막은 채 서로가 서로를 알지 못하도록 만드는 단절에 대해 생각했다. 아이들은 자신의 부모가 부모 되기 이전엔 어떤 모습으로 살았는지 알려고 들지 않는다. 그러다가 나이가 들어 궁금증이 생길 무렵이면 이번엔 얘기를 들려줄 부모가 없게 된다. 혹시라도 부모가 먼저 커튼을 젖히는 경우엔 옛날엔 얼마나 살기가 힘들었는가에 대한 설교조의 얘기로 아이들을 따분하게 만들 뿐이다.'

위의 문장에서 '단절'이라는 말이 나오는데 이것은 매우 중요한 의미를 가집니다. 부모와 자녀와의 소통이 단절되고, 의식을 공유하지 못하면 그 때부터 이 둘은 서로 다른 정신세계에서 살 수밖에 없습니다. 그러니 여러 가지 부작용이 발생하는 것이지요. 자녀는 부모의 충고를 잔소리로만 받아들이게 되고 전혀 마음의 벽을 허물지 않습니다.

만일, 여러분이 살아생전에 자신의 자서전을 써놓고 자녀에게 읽게 한다면, 설사 부모가 살아계실 때는 자녀가 그 분의 뜻을 헤아리지 못한다 하더라도 부모님께서 돌아가신 다음에는 그 부모의 자서전을 귀하게 여기며 가보로 간직하게 될 것입니다. 부모님의 기일에 드려지는 추도식이나 제사 때는 항상 부모의 자서전을 꺼내놓고 그분을 기억하며 그 가르침을 자녀들이 나누고 교훈으로 간직할 것입니다.

여러분, 그러니 자신의 이야기를 솔직하고 과감하게 그리고 꾸밈없이 그대로 기록하십시오. 그것을 통해 자신의 삶을 객관적으로 바라보게 되고 자녀들 또한 그 부모를 진정으로 이해하게 될 것입니다. 이 세상을 향해 외치는 당신의 목소리, 그것을 기록하는 일에 여러분의 시간과 정성을 쏟으십시오. 여러분과 여러분의 후손들에게 매우 커다란 선물이 되어 돌아올 것입니다.

| 3 | 자서전을 씀으로써 내게 도움이 되는 것 |

위에서도 잠시 언급한 것처럼, 자서전을 써 나가는 과정에서 자연스럽게 자신의 과거를 회상하게 되고 또 예전에 자신이 살아왔던 모습을 머릿속에 그려보면서 웃기도 하고 울기도 하고 느끼기도 하게 됩니다. 이런 과정을 통해서 많은 사람들이 내적인 심리의 변화를 겪게 됩니다. 매우 긍정적인 변화이지요.

두 가지로 요약해보면 다음과 같습니다.

첫째, 심리 치유의 효과가 있습니다.

'내 자서전 쓰기 실전 BOOK'은 많은 사람들이 자신의 자서전을 스스로 써내도록 도와드리는 안내자 역할을 합니다. 특히 중요하게 생각하는 것은 자서전 쓰기를 통해서 자기의 내면을 들여다보고 스스로 자신이 가졌던 콤플렉스를 극복하게 하고 상처 입은 마음의 병을 스스로 치유하는 것입니다.

이 세상을 살아가다보면 알게 모르게 남의 마음에 상처를 주는 일이 많습니다. 또 그 반대로, 다른 사람들로부터 마음의 상처를 입는 경우도 많습니다. 복잡한 세상에서 살다보면 어쩔 수 없이 겪게 되는 현실이지요. 그런데 이 상처 입은 마음을 그때 그때 치유하십니까? 아니면 덮어두십니까? 그냥 무시하고 잊어버리십니까?

자서전을 통해서 이런 문제를 해결할 수 있다고 봅니다. 자서전을 쓰는 과정에서 지난날 겪었던 일들을 떠올리고 서술해나가는 과정을 통해서 자기의 이야기를 주관적이 아니라 객관적인 관점에서 바라보는 습관을 가지게 되고 결국 마음의 상처를 아물게 하는 효과를 보게 됩니다.

자기에 대해서 가장 잘 아는 사람은 결국 자기 자신입니다. 자기 마음의 병을 진단할 수 있는 것도 결국은 자기 자신입니다. 여러분 스스로 자신의 마음 상태를 진단해서 평가하고 치유책을 찾아낼 수 있다면 이보다 더 좋은 방법은 없겠지요.

우리의 몸 안에는 면역체가 있어서 외부로부터 침입해오는 세균의 공격을 막아낼 수 있는 것처럼, 우리의 마음도 스스로 치유할 수 있다고 봅니다. 이 책은 이런 일을 도와드리는 안내자 역할을 하는 것입니다. 과거에, 마음에 상처 받았던 기억 때문에 괴로워하십니까? 용서하지 못한 사람이 있습니까? 그렇다면 글로써 여러분의 마음을 다스려 보십시오. 먼저 일기를 써보시는 것도 많은 도움이 되실 겁니다. 남을 미워하는 것만큼 자신에게 손해나는 것도 없습니다. 죽을 때까지 미움과 증오를 가지고 살다가 용서하지 못하고 무덤까지 가는 사람이 얼마나 많습니까?

만일, 여러분에게 종교가 있다면 종교의 힘으로 마음의 고통을 극복하실 수도 있을 겁니다. 기도를 통해서 치유를 경험하실 수도 있을 겁니다. 그렇지만 종교도 없는 사람은 어떻게 해야 할까요? 그렇다면 더 이상 마음을 기댈 곳도 없지 않습니까? 여러분의 자서전을 스스로 써 나가면서 마음을 가라앉히고 분노를 가라앉히고 상대방을 용서하십시오. 자서전을 쓰고 난 이후의 삶은 이전의 삶보다 훨씬 더 안정되고 풍요롭게 됩니다. 여러분은 이러한 정신세계를 경험하게 될 것입니다.

둘째로는, 기억력 개선 효과가 있습니다.

학생들이나 젊은 사람들에게는 그 효과가 미미하겠지만 특히 연세가 많으신 분들에게는 큰 도움이 될 것입니다. 한마디로, 치매 예방에 효과가 있습니다.

나이가 들수록 기억력이 떨어진다는 것은 누구나 아는 사실입니다. 자연의 법칙이 그런 것인데 그것을 누가 막겠습니까? 그러나, 기억력이 쇠퇴하는 속도를 늦출 수는 있겠지요. 요즘에는 기억력 개선에 좋다는 먹는 약도 나오고, 두뇌를 활성화시키는 게임기도 나왔습니다. 이 모두가 두뇌를 위해서 우리가 하는 일들입니다.

자서전을 쓰려면 자신이 살아온 과거의 일들을 아주 많이 기억해내는 것이 중요합니다. 그 기억을 돕기 위해서 연상법 질문지도 사용하는 것이지요. 이것 때문에 더 어렵다고 하시는 분도 계십니다만, 자신의 두뇌를 계속 사용해야만 치매를 예방할 수 있는 것이지요. 그렇다고 해서 연세 드신 분들이 어려운 수학 공식이나 영어 단어를 암기하실까요? 그건 더 어려운 일이지요.

자, 그러면 쉽게 할 수 있는 기억법을 생각해 봅시다. 남의 얘기도 아닌, 자신의 얘기를 내 머리 속에서 끄집어내고 그것을 풀어서 이야기도 해보고 글도 써본다면 이것보다 쉽고 즐거운 일이 어디 있겠습니까? 나에 대해서는 내가 가장 잘 알고 있으니 마음만 먹는다면, 오래 전의 일이라고 하더라도, 내가 과거에 해왔던 일들을 기억해내기가 어렵지는 않을 것입니다.

연세 드신 분들이 자신의 두뇌를 활성화시키는 데는 이것만큼 좋은 것도 없습니다. 시간이 많으신 분들이라면 시간에 쫓길 것도 없을 것이니, 느긋하고 여유 있게 자신을 되돌아보는 겁니다. 글을 잘 쓰고 못 쓰고 하는 것은 그 다음의 일이지요. 설령, 글을 잘 못 쓴다고 해도 걱정할 것은 없습니다. 서점에 내놓고 판매할 책이 아니라면 소량으로 몇 권만 만들어서 이웃이나 친지들에게만 나누어줘도 괜찮습니다. 보람이 있습니다. 자신의 이름이 인쇄된 책을 만든다는 것이 얼마나 멋진 일입니까?

여러분, 자아를 발견하고 자신의 참모습을 찾아내고 싶으시다면 자서전 쓰는 일에 도전해보십시오. 기쁨과 만족도 함께 따라올 것입니다.

| 4 | 자서전을 쓰는 방법 |

자서전을 쓰는 방법에 대해서 질문을 하시는 분들이 많습니다. 아래의 다섯 가지로 모두 해결된다고 할 수는 없지만, 앞으로 여러분께서 하실 작업의 방향을 제시하는 지표라고 보시면 됩니다. 잘 쓰려고 한다면 한도 끝도 없겠지만 우선 기본적으로 반드시 염두에 두어야 할 사항들만 열거했습니다.

1. 이야깃거리가 되는 자료를 모으는 일이 필요합니다.
2. 사진 자료를 모으는 일입니다.
3. 장소를 찾아가는 것입니다.
4. 메모하는 것입니다.
5. 쓰는 요령을 익혀가며 씁니다.

첫째, 이야깃거리가 되는 자료를 모아야 합니다.

자서전의 소재가 되는 것을 찾아야 한다는 것이지요. 뒤에 나오는 질문지에 답을 하면서 과거의 기억들을 하나하나 찾아나갑니다. 오래전에 있었던 일을 한꺼번에 다 기억해낼 수는 없습니다. 수십 년에 걸쳐 자신이 걸어온 인생길을 돌아보며 시간 여행을 하는 작업입니다. 이러한 기초 자료가 없이는 글의 뼈대를 만드는 작업이나 내용을 전체적으로 구성하는 것이 매우 어렵습니다. 산발적이긴 하지만 최대한 많은 기억들을 끄집어내십시오. 많을수록 좋습니다. 사소한 것 하나라도 놓치지 말고 기억을 되살려내십시오. 연세 드신 분들에게는 치매 예방에도 매우 큰 도움이 되실 겁니다.

트리(tree) 구조를 아시나요? 맨 꼭대기를 하나의 기억이라고 한다면 그 아래에 있는 것들은 꼭대기 기억에서 가지를 뻗은 또 다른 기억입니다. 이렇듯 기억은 꼬리에 꼬리를 물고 실타래처럼 매달려서 끌려나올 것입니다.

둘째, 사진 자료를 모으는 일입니다.

과거에 찍었던 사진들을 모두 모아봅시다. 이 사진들을 시간 순으로 늘어놓고 하나씩 기억나는 대로 사진 설명을 메모합니다. 이것이 모이면 방대한 자료가 되겠지요. 사진은 타임캡슐과 마찬가지입니다. 사진을 찍은 당시의 기억들을 생생하게 떠올리게 하지요. 사진을 보고 알 수 있는 것은 참 많습니다. 당시의 시간적 배경, 공간적 배경, 사건, 분위기 등등 그 사진에서 보여주는 메시지가 매우 많기 때문에 소중한 자료로 활용할 수 있는 것이지요. 요즘 같으면 동영상 자료까지도 많이 만들 수 있겠지만 예전에는 그런 것이 발달해 있지 않았기 때문에 사진이 남아있는 것만 해도 큰 다행으로 여겨야 할 것입니다.

셋째, 장소를 찾아가는 것입니다.

다시 말해서, 오랫동안 생활하던 곳을 찾아가라는 말입니다. 지금은 이사를 갔을 수도 있겠지요. 그렇다면 이사를 오기 전에 살았던 곳을 방문합니다. 또, 다녔던 학교에도 가보고, 동네에도 가보고, 즐겨 다녔던 장소를 찾아가는 겁니다. 그러면 그 장소와 얽혀있는 스토리가 생각나겠지요. 그것이 기억을 되살리는 데 큰 도움이 됩니다.

넷째, 메모하는 것입니다.

위의 세 가지 방법을 통해서 기억나는 모든 것을 사소한 것까지도 메모를 합니다. 그때 그때 생각 날 때마다 말이죠. 그래야 그것이 모여 방대한 자료가 됩니다. 프로작가들은 몸에 항상 메모지를 지니고 다닙니다. 무엇을 보든, 무슨 소리를 듣든, 무엇을 체험하든 자신이 집필하고 있는 내용과 관련 있는 영감이 떠오르면 그것을 잊어버리기 전에 메모를 해둬야 하기 때문입니다. 좋은 영감이 떠올랐을 때 메모지가 없어서 기록을 하지 못하고 지나간다면 다음에 똑같은 생각이 떠오르리라는 보장을 할 수가 없지요. 그러니, 여러분이 자서전 집필에 뜻을 두셨다면, 언제 어디서든 생각나는 것을 그 자리에서 메모할 수 있도록 메모지와 펜을 몸에 지니고 다니십시오.

자, 이제 기억을 다 모아서 자료를 마련했다면 그 다음에는 무얼 해야 할까요?

Book 다섯째, 쓰는 일입니다.

쓰는 일은 쉽지 않습니다. 왜냐하면 연습이 필요하니까요. 흔히들 습작이라고 하죠. 일기를 많이 써보는 것이 가장 좋고요, 그 다음은 기회 있을 때마다 떠오르는 것을 수필 형식으로 써보는 것이 중요합니다. 아마추어 수준에서는 수필만큼 쉬운 것도 없지요. 펜이 가는대로 쓰는 것이니까 가장 부담 없는 글이죠.

흔히 다독, 다상량, 다작이라는 말을 많이 하지요. 맞습니다. 많이 읽고 많이 생각하고 많이 써보는 것 외에 다른 길은 없습니다. 그리고 자서전의 구성이나 서술 방식을 익히면 되지요.

자서전을 서술하는 방식은 크게 세 가지로 나눕니다. 한 가지는 시간 순에 따라 서술하는 방식이 있고, 또 한 가지는 사건별로 정리하는 방법입니다. 뭐가 좋다고는 말할 수 없지만 본인의 취향에 따라 선택하십시오. 이 둘을 병행하는 방법도 있습니다.

남이 쓴 자서전을 열심히 읽으면서 그 장점과 단점을 분석해보고, 나의 자서전에 적용할 수 있는 것이 있는지를 파악합니다. 유명인 자서전을 벤치마킹하라는 것이지요. 모방을 통해서 새로운 창조를 하는 것입니다. 보는 것이 배우는 것이고, 듣는 것이 배우는 것이죠. 남이 쓴 책을 많이 읽어보는 것보다 더 좋은 방법은 없습니다. 이것이 자신의 글을 쓰는 데에 매우 큰 영향을 줍니다.

이 책은 읽는 것으로 끝내는 책이 아닙니다. 읽는 책이 아니고 쓰는 책입니다. 여러분이 직접 글을 만들어가는 책입니다. 이것을 최소한 6개월 이상은 들고 다니셔야 합니다. 항상 옆구리에 끼고 다니십시오. 책(글)이

란 결국 많이 생각하고 많이 써봐야 완성되는 결과물입니다. 멋진 자서
전을 기대하며 글을 써 봅시다.

| 5 | 자서전을 써서 긍정적인 변화를 체험한 사람들 |

● L 회장님

저는 미국에 건너가 50년을 살았습니다. 그동안 한국은 매우 많이 달
라졌기 때문에 이질감조차 들었지만 자서전을 쓰면서 고향에 대한 생각
을 많이 하게 되었습니다. 역시 저는 한국인이라는 생각이 듭니다. 미국
에서 겪었던 고생은 말할 수 없이 많지만 이제 돌이켜 보면 아름다운 추
억들이 되었습니다. 자서전을 쓰면서 나의 삶을 반추해보며 웃고 울고
느끼고 감격했습니다. 그렇기 때문에 노년에는 자서전을 쓰는 게 무척
의미 있다는 생각을 했습니다. 많은 사람들이 자서전 쓰기에 도전해보면
좋겠다는 생각이 듭니다.

● K 모씨

저는 평범하게 공무원 생활을 했기 때문에 그렇게 굴곡진 인생을 산
것은 아니라고 생각하고 있습니다. 쓸 말도 별로 없었고 생각나는 것도
별로 없었는데, 어느 날 마음 먹고 시작해보니 어찌나 쓸 이야기가 많던
지……. 나도 순탄하게 산 것은 아니었다는 생각을 하게 되었습니다. 수
십년간 응어리가 뭉쳐있던 마음의 무거운 짐도 훌훌 벗어버리게 되었구
요, 이제 홀가분한 마음으로 새로운 인생을 살아갈 수 있을 것 같습니다.
자서전을 쓰면서 심리 치유가 된 것 같네요.

평생 동안 학생들 가르치는 일만 해 온 사람입니다. 다람쥐 쳇바퀴 돌듯이 단조로운 생활만 오래 해왔는데 자서전을 쓰면서 새로운 나를 발견했습니다. 이건 마치 고된 노동에 시달리다가 휴가를 얻어 충분한 휴식을 취하고 난 후의 느낌입니다. 후련해지네요. 자서전 쓰기를 모두에게 권하고 싶습니다.

6 | 자서전 쓰기 실습이 중요한 이유 |

보통은 개인이 자신의 자서전을 쓰기 위해서 이 책 저 책을 읽어보기도 하고 강의도 들어봅니다. 그러나 가장 중요한 것은 역시 본인이 펜을 들고 실제로 써보는 것입니다. 이론이나 강의만 듣는다면 아무 소용이 없습니다. 이론이나 강의는 실습을 위해서 도움을 주는 것이지 그것이 전부는 아니라는 것입니다. 이 책에서는 이론 부분을 가급적 적게 수록했습니다. 강의나 보조 교재를 통해서 이론은 얼마든지 습득할 수 있습니다만 실제로 글을 쓰는 것은 본인이 노력하지 않으면 불가능하기 때문에 실습을 강조하는 것입니다. 이 책은 펜으로 쓰는데 불편하지 않게 하기 위해서, 무선제본이 아닌 중철제본을 하여 전4권으로 분리했습니다.

시중에 나와 있는 자서전 관련 도서를 많이 읽으십시오. 그러나 읽는 것으로 끝낸다면 시간 낭비입니다. 처음에는 거칠게 쓰더라도 열심히 쓰고 고치고 다듬으면 멋진 자서전을 완성하실 수 있습니다. 써보는 것보다 더 중요한 것은 없다는 것을 다시 한 번 강조합니다.

써 보십시오. 실력이 날로 향상될 것입니다. 멋진 자서전을 기대하며...

1950년대 주요 사건

✔ 당시 나는 무엇을 하고 있었나?
(여러분에게 있었던 일을 적어보세요)

1950년 6 · 25 한국 전쟁 발발

1952년 국제구락부 사건

1952년 부산 정치 파동

1953년 휴전 협정 조인

1954년 사사오입 개헌

1958년 진보당 사건

1958년 천리마 운동 시작

1960년대 주요 사건

1960년 3 · 15 부정선거

4 · 19 의거

이승만 대통령 하야

제2공화국 헌법 공포

윤보선 대통령 취임

1961년 5 · 16 혁명

1963년 제3공화국 헌법 공포

박정희 대통령 취임

1964년 대한민국과 월남 간

파병 협정 체결

1965년 대한민국과 일본 간

한 · 일 협정 조인

국교 정상화

1969년 김수환 대주교가

추기경에 서품

경인고속도로 개통

3선 개헌안 국회 날치기

통과

✔ 당시 나는 무엇을 하고 있었나?
(여러분에게 있었던 일을 적어보세요)

1970년　경부고속도로 개통

1972년　7 · 4 남북 공동 성명

1972년　유신헌법 공포

1974년　서울 지하철 1호선 개통

　　　　영부인 육영수 피격

1979년　YH 사건

　　　　10 · 26 사건

　　　　박정희 대통령 사망

　　　　12 · 12 군사반란

✔ 당시 나는 무엇을 하고 있었나?
(여러분에게 있었던 일을 적어보세요)

✔ 당시 나는 무엇을 하고 있었나?
(여러분에게 있었던 일을 적어보세요)

1980년   5·18 광주 민주화운동

제5공화국 헌법 공포

1983년   KBS 이산가족 찾기

생방송 시작

1983년   아웅산 묘역

폭탄테러사건

1984년   교황 요한 바오로

2세 방한

1985년   부산 지하철 1호선 개통

1987년   박종철이 고문으로 사망

6월 민주항쟁

6·29 선언

대한항공 858편 실종 사건

1988년   노태우 대통령 취임

서울 올림픽 개막

1989년   임수경이 방북

1990년 소련과 수교

1991년 남북한 유엔 동시 가입

1992년 중국과 수교

1993년 김영삼 정부 성립

대전 엑스포

금융 실명제 실시

1994년 김일성 사망

1995년 대구 가스 폭발 사고

삼풍백화점 붕괴사고

1997년 황장엽 노동당서기

대한민국으로 망명

대한항공 801편 괌 추락

IMF에 구제금융 요청

1998년 김대중 정부 성립

1999년 금강산 관광 시작

✔ 당시 나는 무엇을 하고 있었나?
(여러분에게 있었던 일을 적어보세요)

2000년대 주요 사건

2000년 6 · 15 남북공동선언 발표
2002년 월드컵 한국 · 일본 공동
        개최
2003년 노무현 대통령 취임
        대구 지하철 화재사고
2004년 노무현 대통령 탄핵
        소추안 국회를 통과
        KTX 개통
        북한룡천 열차폭발 사고
        헌법재판소 노무현
        대통령 탄핵 소추안 기각
        헌법재판소 행정수도
        이전법을 위헌이라고 확인
2005년 헌법재판소가 호주제에
        대해 헌법 불합치 선고
2007년 제2차 남북정상회담개최
        인민혁명당 사건에 대해
        대법원이 무죄 선고
2008년 국보1호 숭례문 화재 전소
2008년 이명박 대통령 취임
2008년 소고기 광우병 파동
        촛불집회 전국민 저항운동
2009년 김수환 추기경 선종
        노무현 전 대통령 자살
        서거 국민장
        김대중 대통령 서거, 국장
2009년 한국 최초 위성 나로호
        발사

✔ 당시 나는 무엇을 하고 있었나?
(여러분에게 있었던 일을 적어보세요)

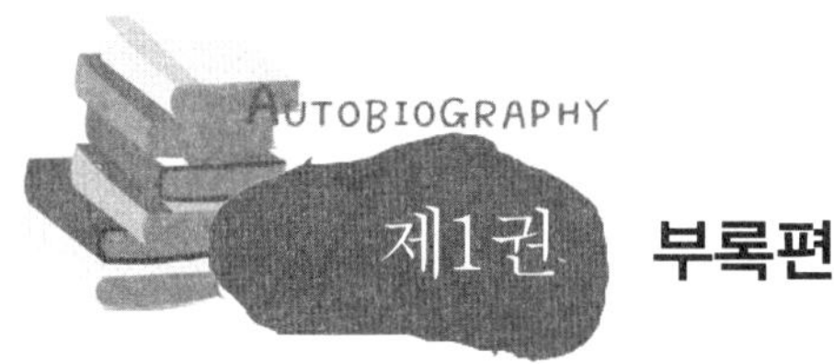

부록편

　자서전을 쓰기 위해서는 스토리와 관련된 많은 자료가 필요한데 특히 사진이나 편지 또는 그림도 훌륭한 소재가 될 수 있습니다. 그래서 여기서는 그러한 자료들을 모으고 정리할 수 있도록 구성했습니다.

　우선, 여러분이 가지고 계신 앨범이나 수첩, 편지 모음 등을 모두 한데 모아놓고 연대순으로 분류하십시오. 또는 사건별로 구분하셔도 좋습니다. 사진이 너무 많으면 다 붙일 수가 없으니 그 사진을 통해 스토리를 이끌어낼 수 있겠다고 생각되는 것만 붙이십시오. 그리고 아래에는 사진에 대한 기본 정보(시간, 장소, 사건 등)를 알 수 있도록 키워드(key word)만 간단히 적습니다. 그 아래에는 스토리를 엮어나갈 수 있도록 짧은 스토리를 적어놓으십시오. 실제 자서전을 쓸 때 이 사진과 스토리는 큰 도움이 될 것입니다.

| 키워드 (시간, 장소 등) |

| 짧은 스토리 적는 곳 |

| 키워드 (시간, 장소 등) |

| 짧은 스토리 적는 곳 |

| 키워드 (시간, 장소 등) |

| 짧은 스토리 적는 곳 |

| 키워드 (시간, 장소 등) |

| 짧은 스토리 적는 곳 |

| 짧은 스토리 적는 곳 |

키워드 (시간, 장소 등)

짧은 스토리 적는 곳

| 키워드 (시간, 장소 등) |

| 짧은 스토리 적는 곳 |

photo 사진 붙•1는 곳

키워드 (시간, 장소 등)

짧은 스토리 적는 곳

Story

| 짧은 스토리 적는 곳 |

photo 사진 붙이는 곳

키워드 (시간, 장소 등)

짧은 스토리 적는 곳

Story

| 짧은 스토리 적는 곳 |

| 키워드 (시간, 장소 등) |

| 짧은 스토리 적는 곳 |

| 키워드 (시간, 장소 등) |

| 짧은 스토리 적는 곳 |

| 키워드 (시간, 장소 등) |

| 짧은 스토리 적는 곳 |

| 키워드 (시간, 장소 등) |

| 짧은 스토리 적는 곳 |

| 짧은 스토리 적는 곳 |

| 키워드 (시간, 장소 등) |

| 짧은 스토리 적는 곳 |

자서전에 대한 상담과 교육을 해드립니다

이 책을 활용하시면서 궁금하신 점이 있으시면 연락 주세요. 자서전 쓰기 교육 및 상담, 자서전 집필 및 자서전 제작에 대한 안내를 해드립니다. 고객님께서 이 책에 작성하신 것을 저희 사무실에 보내주시면 필요한 상담을 해드립니다. 보내실 때, 원본은 본인이 보관하시고 복사본을 저희에게 보내주십시오. 또한, 필요하신 분에게는 대필에 대한 상담도 해드립니다.

이 책은 실제로 자서전 쓰기 강의를 들으시는 분들께서 사용하시는 교재입니다. 강의는 저자인 제가 직접 합니다. 자서전 쓰기 강의를 수강하고 싶으신 분은 전화로 연락 주십시오. 이 책을 단체 구매시 출장 강의해드립니다. TEL (02)763-2159

민경호의 행복한 내 자서전 쓰기 블로그 http://blog.naver.com/mmbn

http://blog.naver.com/mmbn   http://cafe.daum.net/AUTOBIOGRAPHY